AF589056

Es..... (Comte d')
1881.- Février.-12

1881. Février. 12

CHOIX

DE

LIVRES RARES

ET PRÉCIEUX

PROVENANT DE LA BIBLIOTHÈQUE

DE M. LE COMTE D'ES......

DONT LA VENTE AURA LIEU

le Samedi 12 Février 1881, à deux heures précises de l'après midi

Hôtel des Commissaires-priseurs, rue Drouot

Salle n° 3, au premier

Par le ministère de Me Maurice DELESTRE, commissaire-priseur, rue Drouot, 27
successeur de Me Delbergue-Cormont

EXPOSITION PARTICULIÈRE

LE VENDREDI 11 FÉVRIER DE 2 A 5 HEURES

PARIS
ADOLPHE LABITTE
LIBRAIRE DE LA BIBLIOTHÈQUE NATIONALE
4, rue de Lille, 4

1881

A. Quantin imprimeur
r. S. Benoit 7 à Paris

CHOIX

DE

LIVRES RARES ET PRÉCIEUX

CONDITIONS DE LA VENTE

Elle sera faite au comptant.

Les acquéreurs payeront 5 pour 100 en sus des prix d'adjudication.

Les livres sont garantis complets et en bon état, sauf indication contraire. Ils devront être collationnés, sur place, dans les vingt-quatre heures de l'adjudication. Passé ce délai ils ne seront repris pour aucune cause.

M. Ad. Labitte, libraire, chargé de la vente, remplira les commissions que les amateurs voudront bien lui confier.

CHOIX

DE

LIVRES RARES

ET PRÉCIEUX

PROVENANT DE LA BIBLIOTHÈQUE

DE M. LE COMTE D'ES.....

PARIS

ADOLPHE LABITTE

LIBRAIRE DE LA BIBLIOTHÈQUE NATIONALE

4, rue de Lille, 4

1881

Le bibliophile qui a formé la toute petite collection de livres dont nous publions le catalogue, était sans contredit un homme de goût et un amateur délicat. Voilà évidemment l'observation qu'on se fera de suite après avoir lu la présente nomenclature. Et l'on ne se trompera pas, certes; mais on renchérira encore sur cette opinion quand on aura vu et touché ces beaux livres, qui vont subir le feu des enchères pour la première fois.

En effet, le collectionneur le plus difficile y pourra glaner largement bon nombre de vrais trésors, ce qui n'empêchera pas l'amateur plus modeste d'y découvrir encore quelques jolies choses.

Le possesseur de ce petit musée avait commencé, il y a longtemps déjà, à acquérir les volumes rares et précieux qu'il rencontrait dans la plus belle condition possible. Et à l'époque où l'on se mit à attacher plus d'importance à la beauté des reliures, il avait confié ces volumes à l'ar-

tiste dont la vogue a dépassé depuis celle de tous ses prédécesseurs, à Trautz-Bauzonnet. Aussi ce qui frappe d'abord dans un choix de livres aussi peu nombreux, c'est le grand nombre de reliures signées de ce fameux artiste. Sur un total de 123 numéros, qui font l'objet de cette notice, on lit 69 fois la signature de Trautz, ce qui forme en tout 115 volumes sortis de ses mains. Les autres volumes sont presque tous reliés par Duru, un autre artiste très apprécié. Quant aux reliures anciennes, ici peu nombreuses, elles ont été choisies di primo cartello; *et quelques-unes sont d'une beauté presque incomparable.*

Cet amateur, bien connu alors, ayant trouvé son petit musée bibliophilique assez complet, se retira un jour de l'arène, et ses goûts s'étant portés sans doute ailleurs, il n'en conserva pas moins, avec un soin minutieux, tous ces beaux volumes qu'il avait fait orner d'une façon si charmante.

Il y a une quinzaine d'années de cela, et c'est ce qui expliquera pourquoi la petite collection que nous présentons aujourd'hui n'est guère connue des amateurs actuels. Nous sommes persuadé cependant que quelques bibliophiles pourront encore mettre à la suite des initiales qui se trouvent ici le nom de l'homme de goût qui a réuni ces jolis livres, dont son âge, nous a-t-il dit, l'engage à se séparer.

Tous ces volumes sont dans un état parfait, et plusieurs sont ornés avec un grand luxe.

Nous croyons devoir citer plus particulièrement les ouvrages suivants, qui méritent d'attirer surtout les regards des grands amateurs :

*Commençons d'abord par le plus important de tous, au point de vue de la valeur, par le fameux exemplaire de l'*ARIOSTE *(n° 49 du catalogue), si richement relié au* XVIIIe *siècle par Derome, avec une admirable dorure sur les plats de la reliure. Cet ouvrage, en grand papier, est probablement le plus bel exemplaire connu de l'*Orlando furioso, *édition de 1773. — Viennent ensuite : le n° 21,* MÉTAMORPHOSES D'OVIDE, *trad. de l'abbé Banier, 1767-1771, 4 vol. in-4, splendide exemplaire en papier de Hollande, orné d'une excellente et fraîche reliure de Derome. — Le n° 29,* MARGUERITES DE LA MARGUERITE, *1547, 1 vol. in-8, parfaitement relié en maroquin doublé, avec une brillante dorure, par Trautz-Bauzonnet. — Le n° 41,* L'ESCHOLE DE SALERNE EN VERS BURLESQUES, *jolie et très rare édition elzévirienne, superbe exemplaire grand de marges, revêtu d'une magnifique reliure doublée, de Trautz. — Les n°s 43 et 44, les* BAISERS, *et les* FABLES, *de Dorat, richement reliés par Trautz. — Le n° 60,* HEPTAMÉRON DE LA REINE DE NAVARRE, *1780-1781, 3 vol. in-8, avec une très belle reliure de Trautz. — Le n° 52,* ŒUVRES DE RACINE, *1687, 2 vol., avec*

Esther *et* Athalie, *1689 et 1691, ensemble 3 vol. in-12, très bien reliés par Trautz. — Le n° 77,* MANON LESCAUT, *1753, 2 vol. in-12, bel exemplaire bien relié par Trautz. — Le n° 56,* DAPHNIS ET CHLOÉ, *1718, avec une belle reliure de Trautz. — Le n° 28,* ŒUVRES DE CL. MAROT, *1700, 2 vol. in-12, précieux exemplaire* NON ROGNÉ, *relié par Trautz. — Le n° 36,* FABLES DE LA FONTAINE, *avec figures de Simon et Coiny,* avant les numéros, *charmant exemplaire en reliure ancienne. — Le n° 46,* DANTE, *1502, première édition aldine, bel exemplaire, richement relié par Trautz. — Le n° 75,* GIL BLAS, *1747, 4 vol. in-12, avec une belle reliure de Trautz. — Le n° 37,* CONTES DE LA FONTAINE, *1762, édition des fermiers généraux, 2 vol. in-8, belle reliure ancienne. — Le n° 53,* ŒUVRES DE REGNARD, *1708, 2 vol. in-12, superbe exemplaire relié par Trautz. — Le n° 91,* VOYAGES DE GULLIVER, *et* SUITE, *1727-1730, 4 tomes en 2 vol. in-12, belle reliure de Trautz. — Le n° 17,* ANACRÉON, *1773, in-8, orné de jolies figures d'Eisen, en bonne reliure ancienne. — Enfin un grand nombre de volumes très bien reliés par Trautz-Bauzonnet et qui tous mériteraient d'être cités, mais dont la nomenclature serait trop longue : N° 101,* BALZAC, ŒUVRES, *édition elzévirienne, 7 vol. in-12. — N° 8,* ABRÉGÉ DE LA VIE DES PEINTRES, *de d'Argenville, 4 vol. in-8. — N° 32,* ŒUVRES DE PH. DESPORTES, *1600, in-8.— N° 105,* MÉ-

MOIRES DE COMMINES, *édit. elzév., 1648, in-12. — N° 3,* ESSAIS DE MONTAIGNE, *1588, in-4. — N° 35,* FABLES D'ÉSOPE, *1659, in-4. — N° 13,* LA VÉNERIE DE DU FOUILLOUX, *1574, in-4, etc...*

Et d'autres importants ouvrages, reliés par Duru, comme les ŒUVRES DE MOLIÈRE, *illustrées par Boucher, 6 vol. in-4 (n° 51), — les* CONTES DE LA FONTAINE, *illustrés par Fragonard, 2 vol. in-4 (n° 38), etc..., etc...*

Nous sommes certain que non seulement la beauté et la fraîcheur des reliures, mais encore la parfaite conservation des exemplaires, recommanderont cette petite collection auprès des amateurs les plus difficiles et les plus délicats.

ORDRE DE LA VACATION

1°	Nos 1 à 16
2°	Nos 50 à 123 (Moins le n° 21)
3°	Nos 17 à 48
4°	No 21
5°	No 49

CATALOGUE

THÉOLOGIE. — MORALE.

1. — Réflexions sur la miséricorde de Dieu, par la duchesse de La Vallière ; suivies de ses lettres et des sermons pour sa vêture et sa profession, par Messieurs d'Aire et de Condom. Nouvelle édition revue, annotée et précédée d'une étude biographique par M. Pierre Clément. *Paris, J. Techener*, 1860 ; 2 vol. in 8, portrait, mar. La Vall. jans. tr. dor. (*Trautz-Bauzonnet*).

Bel exemplaire en grand papier vergé, orné d'une double épreuve du portrait, la première avant le cadre, la seconde avec le cadre. Excellente reliure de Trautz. Rare en pareille condition.

2. — L'Alcoran de Mahomet, traduit d'arabe en français, par le sieur Du Ryer, sieur de la Garde-Malezair. *A La Haye, chez Adrian Moetjens*, 1685 ; petit in-12, frontisp. gr. mar. v. foncé, jans. tr. dor. (*Duru*).

Jolie édition, très bien imprimée en petits caractères, et orné d'un intéressant frontispice gravé à l'eau-forte.
Exemplaire réglé.

3. — ESSAIS DE MICHEL, SEIGNEUR DE MONTAIGNE. Cinquième édition, augmentée d'un troisiesme livre et de six cens additions aux deux premiers. *A Paris, chez Abel l'Angelier*, 1588 ; in-4, frontisp, gr. mar. r. fleuron doré aux coins des plats, filets à froid, dos orné, tr. dor. (*Trautz-Bauzonnet*).

Édition rare et fort recherchée, la première qui contienne le troisième livre.

Exemplaire parfaitement relié, mais dans lequel se trouvent quelques feuillets habilement raccommodés. Ces feuillets sont les premiers.

4. — DE LA SAGESSE, trois livres, par Pierre Charron. *A Leide, ches les Elseviers*, 1646 ; petit in-12, frontisp. gr. mar. n. fil. dos orné, tr. dor. (*Trautz-Bauzonnet*).

Charmante édition, la mieux imprimée de celles qu'ont publiées les Elzevier. Exemplaire très grand de marges ; il mesure plus de 0,134 millim. de hauteur. Excellente reliure.

5. — MAXIMES et réflexions morales du duc de La Rochefoucauld. *A Paris, de l'imprimerie royale*, 1778, petit in-8, portrait, mar. r. jans. tr. dor. (*Trautz-Bauzonnet*).

Charmante édition, très bien imprimée, ornée d'un joli portrait, très finement gravé par P. CHOFFARD.

Superbe exemplaire réglé. Excellente reliure de TRAUTZ.

6. — LES CARACTÈRES DE THÉOPHRASTE traduits du grec, avec les caractères ou les mœurs de ce siècle. (Par La Bruyère.) Neuvième édition, revue et corrigée.

A Paris, chez Estienne Michallet, M. DC. CXVI (1696); in-12, mar. r. jans. tr. dor. (*Trautz-Bauzonnet*).

Édition la plus complète, la dernière donnée par La Bruyère. Bel exemplaire, revêtu d'une excellente reliure de Trautz.

7. — Les Caractères de Théophraste, avec les caractères ou les mœurs de ce siècle, par M. de La Bruyère. Nouvelle édition augmentée de quelques notes... et de la Défense de La Bruyère et de ses Caractères, par M. Coste. *A Paris, chez Michel-Estienne David*, 1740, 2 vol. in-12, frontisp. gr. mar. vert foncé, fil. dos orné, tr. dor. (*Trautz-Bauzonnet*).

Superbe exemplaire, parfaitement relié et très grand de marges. Bonne Édition, fort estimée, en tête de laquelle se trouve une clef intéressante et détaillée des caractères de La Bruyère.

BEAUX-ARTS. — ARTS DIVERS.
CHASSE. — PÊCHE.

8. — ABRÉGÉ DE LA VIE DES PLUS FAMEUX PEINTRES, avec leurs portraits gravés en taille-douce, les indications de leurs principaux ouvrages, quelques réflexions sur leurs caractères et la manière de connaître les dessins et les tableaux des grands maîtres. Par M*** (Dezallier-d'Argenville). *A Paris, chez De Bure l'aîné*,

1762 ; 4 vol. in-8, frontisp. gravés, fleurons et nombr. portraits, mar. v. fil, dos orné, tr. dor. (*Trautz-Bauzonnet*).

Magnifique exemplaire, orné d'une belle et excellente reliure. Cet ouvrage est encore aujourd'hui très recherché et l'édition est du reste d'une exécution remarquable. On y compte 254 portraits très bien gravés par AUBERT, par FESSARD et autres, tous dans des cartouches différents. Le beau frontispice, qui est répété dans chaque volume, est dessiné par BOUCHER et gravé par FLIPART. Les fleurons sont dessinés par PIERRE, gravés par AUBERT et par FESSARD. Quelques-uns sont aussi dessinés et gravés par P. CHOFFARD.

Exemplaire de J.-J. DE BURE.

9.—La Vie des peintres flamands, allemands et hollandais,... par M. J.-B. Descamps. *A Paris, chez Ch.-Ant. Jombert,* 1753-1764 ; 4 vol. in-8, nombr. portraits, frontisp. gr., mar. r. fil. dos orné, tr. dor. (*C. Hardy*).

Bel exemplaire, relié sur brochure. Les épreuves des portraits sont très bonnes.

10.— Des arts et des artistes en Espagne jusqu'à la fin du XVIIIe siècle, par Édouard Laforge. *Lyon, imp. de Louis Perrin,* 1859 ; gr. in-8, pap. vergé teinté, mar. v. fil. dos orné. tr. dor. (*Capé*).

Bel exemplaire orné d'une très bonne reliure.

11.—LES ÉMAUX DE PETITOT du musée du Louvre. Portraits de personnages historiques et de femmes célèbres du siècle de Louis XIV ; gravés au burin par M. L. Ceroni. *Paris, B. Blaisot,* 1862 ; 2 vol. in-4, mar. r. large dent. sur les plats, dos orné, tr. dor. (*Petit*).

Très bel exemplaire, contenant des épreuves sur papier de Chine AVANT TOUTE LETTRE. Riche reliure.

12.—Histoire artistique, industrielle et commerciale de la porcelaine, accompagnée de recherches sur les sujets et emblèmes qui la décorent, les marques et inscriptions qui font connaître les fabriques d'où elle sort,..... par Albert Jacquemart et Edmond Le Blant, enrichie de vingt-six planches gravées à l'eau-forte par Jules Jacquemart. *Paris, J. Techener,* 1862 ; petit in-folio, mar. brun fil. compart. à la Du Seuil, ornements à petits fers et à mosaïque aux coins et sur le dos, tr. dor. (*Petit*).

Ouvrage très recherché, tiré à petit nombre d'exemplaires et orné de jolies eaux-fortes.

Riche reliure.

13. — La vénerie de Jaques Du Fouilloux, gentilhomme, seigneur dudit lieu au païs de Gastine en Poictou. Avec plusieurs receptes et remèdes pour guarir les chiens de diverses maladies, et interprétation des mots, vocables et dictions de vénerie. Plus l'art de chasser aux bestes privées et sauvages, extrait du livre du Roy Phœbus. *A Paris, pour Galiot du Pré,* 1573 ; in-4, figures sur bois, mar. r. fil. dos orné, tr. dor. (*Trautz-Bauzonnet*).

Très bel exemplaire, parfaitement relié. Édition rare et recherchée, plus complète que les précédentes. Les figures sur bois sont fort intéressantes dans leur naïveté.

14. — Le livre du roy Modus et de la royne Racio, nouvelle édition conforme aux manuscrits de la bibliothèque royale, ornée de gravures faites d'après les vignettes de ces manuscrits, fidèlement reproduites, avec une préface

par Elzéar Blaze. *Paris, Elzéar Blaze*, 1839 ; in-4, caract. goth. fig. fac-simile, mar. brun jans. tr. dor. (*Petit*).

Bonne édition, tirée à petit nombre. Bel exemplaire.

15. — THE COMPLETE ANGLER, or the contemplative man's recreation being a discourse of rivers, fish-ponds, fish and fishing, written by Izaak Walton, and instructions how to angle for a trout or Grayling in a clear stream by Charles Cotton. With original memoirs and notes by sir Harris Nicolas. *London, William Pickering*, 1836 ; 2 vol. in-4, pap. vélin fort, portraits et figures, mar. v. large dent. sur les plats, tr. dor. (*Riche rel. anglaise*).

Très bel ouvrage, orné d'un grand nombre de figures, vignettes, fleurons et culs-de-lampe, finement gravés. Rare et recherché.

Superbe exemplaire d'artiste ou d'auteur, auquel on a ajouté les tirages à part AVANT TOUTE LETTRE sur papier fin teinté collé sur beau bristol, de presque toutes les gravures.

Les plats de la reliure portent un chiffre formé des lettres I, W, C, C, qui sont les initales des auteurs ISAAC WALTON et CHARLES COTTON.

LINGUISTIQUE.

16.— LES ÉPITHÈTES DE M. DE LA PORTE, Parisien. Livre non seulement utile à ceux qui font profession de la poësie, mais fort propre aussi pour illustrer toute autre composition françoise, avec briefves annotations sur les noms et dictions difficiles. *A Paris, chez Gabriel Buon*,

1571 ; in-8, mar. La Vall. fleurons au milieu et aux coins des plats, dos orné, tr. dor. (*Duru*).

Très bel exemplaire, grand de marges.
Édition originale de cet ouvrage intéressant, rare et recherché.

POÉSIE.

Poètes grecs et latins.

17. — ANACRÉON, Sapho, Bion et Moschus, traduction nouvelle en prose, suivie de la Veillée des Fêtes de Vénus et d'un choix de pièces de différents auteurs. Par M. M*** C** (Moutonnet de Clairfons). *A Paphos, et se trouve à Paris, chez Le Boucher*, 1773 ; in-8, frontisp. et nombr. vign. d'Eisen, mar. r. fil. dos orné, tr. dor. (*Rel. anc.*).

Charmante édition, très recherchée des amateurs, parce qu'elle contient le premier tirage des ravissantes figures et vignettes d'Eisen.
Exemplaire en superbes épreuves. Bonne reliure ancienne.

18. — P. VIRGILII MARONIS opera ; nunc emendatiora. *Lugd. Batavor., ex officina Elzeviriana*, 1636 ; petit in-12, frontisp. gravé et carte, mar. r. fil. dos orné, tr. dor. (*Derome*).

Très jolie édition elzévirienne, la première et la plus recherchée.
Exemplaire grand de marges (127 millim.), revêtu d'une jolie et fraîche reliure de Derome. Rare en pareille condition.

19. — Publii Virgilii Maronis carmina omnia, perpetuo commentario ad modum Joannis Bond, explicuit Fr. Dubner. *Parisiis, ex typographia Firminorum Didot*, 1858; in-16, orné de photographies, mar. vert, fil. dos orné, tr. dor. (*Trautz-Bauzonnet*).

Très bel exemplaire, parfaitement relié. Les exemplaires en pareille condition sont fort rares.

20. — P. Ovidii Nasonis Operum. *Londini, ex officina Jacobi Tonson, et Johannis Watts*, 1715; 3 vol. in-8, frontisp. par Duguernier à chaque volume, mar. r. fil. dos orné, tr. dor. (*Boyet*).

Bel exemplaire en grand papier, dont la reliure est aux armes du prince Eugène de Savoie.

21. — LES MÉTAMORPHOSES D'OVIDE, en latin et en françois, de la traduction de M. l'abbé Banier. Avec les explications historiques. *A Paris, de l'impr. de Prault*, 1767-1771, 4 vol. in-4, figures et frontisp., mar. r. fil. orn. aux coins et sur le dos, doubl. de tabis bleu, tr. dor. (*Derome*).

Admirable édition, illustrée de 140 figures d'après Eisen, Moreau, Boucher, Monnet, Marillier, Le Prince, Gravelot, Parisot et Saint-Gois; de 30 vignettes et un beau cul-de-lampe gravé par Choffard.

Superbe exemplaire en papier fort de Hollande, contenant des épreuves superbes et orné d'une belle et excellente reliure très fraîche, signée de Derome. Ex musæo L. Double.

22. — La métamorphose d'Ovide figurée. *A Lyon, par Jean de Tournes*, 1564; petit in-8, nombr. figures,

mar. orange, large fleuron au milieu des plats, dos orné, tr. dor. (*Trautz-Bauzonnet*).

Volume orné de nombreuses et jolies vignettes sur bois, attribuées à Bernard Salomon, appelé plus souvent le Petit Bernvrd.

Exemplaire grand de marges, revêtu d'une fort jolie reliure de Trautz.

23. — Quinti Horatii Flacci Poëmata, scholiis sive annotationibus instar, commentarii illustrata a Joanne Bond. *Amstelodami, apud Danielem Elzevirium*, 1676; in-12, titre gravé, mar. orange, fil. riche fleuron à mosaïque au milieu des plats, dos orné, tr. dor. (*Trautz-Bauzonnet*).

Jolie édition elzévirienne, la plus recherchée. Ce bel exemplaire est orné d'une riche reliure, dont la dorure des plats et du dos renferme une lyre antique.

Très grandes marges. Hauteur des feuillets : 134 millim.

24. — Quinti Horatii Flacci Opera. *Londini, æneis tabulis incidit Johannes Pine*, 1733-1737, 2 vol. gr. in-8, nombr. fig. mar. r. large dent. sur les plats, dos orné, tr. bleue (*Rel. anc.*).

Édition de luxe, très curieuse, entièrement gravée.

Bel exemplaire de premier tirage. Sur le dos de la reliure se trouve une couronne de duc, cinq fois répétée.

Poètes français de divers genres.

25. — Recueil de l'origine de la langue et poésie françoise, ryme et romans. Plus les noms et sommaires

des œuvres de CXXVII poètes françois, vivans avant l'an MCCC. (par Claude Fauchet). *A Paris, par Mamert Patisson,* 1581 ; in-4, portrait, mar. bl. jans. dent, intér., tr. dor. (*Trautz-Bauzonnet*).

Ouvrage rare et fort estimé. Première édition.
L'exemplaire est très beau et très grand de marges.

26. — Œuvres de Coquillart. Nouvelle édition revue et annotée par M. Charles d'Héricault. *A Paris, chez P. Jannet,* 1857 ; 2 vol. in-16, mar. orange, fil. dos orné, tr. dor. (*Trautz-Bauzonnet*).

Bel exemplaire, imprimé sur PAPIER DE CHINE, orné d'une excellente reliure.

27. — LES POÉSIES de Guillaume Cretin. *A Paris, de l'imprimerie d'Antoine-Urbain Coustelier,* 1723 ; petit in-8, mar. orange, fil. dos orné, tr. dor. (*Trautz-Bauzonnet*).

Très belle reliure. Exemplaire à toutes marges, relié sur brochure.

28. — LES ŒUVRES DE CLÉMENT MAROT de Cahors, valet de chambre du Roy. Reveuës et augmentées de nouveau. *A La Haye, chez Adrian Moetjens,* 1700 ; 2 vol. petit in-12, mar. r. fil. dos orné, non rog. (*Trautz-Bauzonnet*).

Édition fort jolie, imprimée avec des caractères semblables à ceux des Elzevier, et aussi bien exécutée que celles de ces fameux imprimeurs,
Exemplaire précieux, dont LES MARGES NE SONT PAS ROGNÉES, ni même ébarbées. Dans cet état les plus grands feuillets mesurent 0,144 millim. de hauteur et 0,85 millim. de largeur.
Belle et excellente reliure de TRAUTZ.

29. — MARGUERITES de la Marguerite des princesses, très-illustre Royne de Navarre. *A Lyon, par Jean de Tournes*, 1547. — Suyte des Marguerites. *Lyon, par Jean de Tournes*, 1547. En 1 vol. petit in-8, fig. sur bois, mar. r. fleuron au milieu des plats, doublé de mar. vert, riches compart., dos orné, tr. dor. (*Trautz-Bauzonnet*).

Splendide exemplaire, réglé, très grand de marges, de cette édition si belle et si recherchée. Elle est entièrement imprimée en caractères italiques d'une netteté remarquable, comme d'ailleurs tout ce qui sortait des presses du célèbre imprimeur lyonnais, Jean de Tournes.

La reliure est d'une incomparable richesse d'ornementation, et c'est certainement l'un des chefs-d'œuvre de Trautz. La dorure intérieure des plats est remplie de feuillages et d'entrelacs de filets, avec des semis de bouquets de fleurs, et rappelle les superbes dessins dont les célèbres relieurs de la fin du xive siècle, les Eve, par exemple, couvraient les volumes de Henri III, de Henri IV, de la reine Marguerite, etc.

30. — Les Œuvres françoises de Joachim Du Bellay, Gentilhomme Angevin, poëte excellent de ce temps. Reveuës, et de nouveau augmentées de plusieurs poësies non encore auparavant imprimées. Au Roy très chrestien Charles IX. *A Paris, de l'imprimerie de Fédéric Morel*, 1574; in-8, mar. bleu, large fleuron au milieu des plats, dos orné, tr. dor. (*Trautz-Bauzonnet*).

Édition recherchée, l'une des plus complètes des œuvres de Du Bellay. Elle est très bien imprimée en caractères italiques.

Bel exemplaire, très grand de marges. Riche reliure de Trautz.

31. — Les Premières Œuvres de Philippes Des Portes. Au Roy de France et de Pologne. Reveuës, cor-

rigées et augmentées outre les précédentes impressions. *A Paris, par Mamert Patisson, imprimeur du Roy, chez Robert Estienne,* 1587; in-12, mar. or. fil. dos orné, tr. dor. (*Trautz-Bauzonnet*).

Bel exemplaire d'une édition rare et bien imprimée, en caractères italiques d'une grande netteté. Exemplaire très grand de marges.

32. — Les Premières Œuvres de Philippes Des Portes. Dernière édition, reveuë et augmentée. *A Paris, par Mamert Patisson,* 1600; in-8, mar. r. fil. dos orné de feuillages, tr. dor. (*Trautz-Bauzonnet*).

Édition rare et recherchée, l'une des plus belles de Des Portes. Elle est imprimée en caractères italiques.

Superbe exemplaire, grand de marges, et dont la reliure est ravissante.

33. — Les Satyres, et autres œuvres du sieur Regnier, augmentées de diverses pièces cy-devant non imprimées. *A Leiden, chez Jean et Daniel Elsevier,* 1652; petit in-12, mar. r. fil. dos orné, tr. dor. (*Hardy*).

Jolie édition elzévirienne, la plus recherchée.

34. — La Pucelle, ou la France délivrée, poëme héroïque, par M. Chapelain. *Suivant la copie imprimée à Paris,* 1656; petit in-12, frontispice gravé et figures, mar. orange, fil. compart. à la Du Seuil, dos orné, tr. dor. (*Trautz-Bauzonnet*).

Édition bien imprimée en Hollande, et qui se joint à la collection des Elzevier. Elle est recherchée.

Très bel exemplaire. Hauteur : 129 millim.

35. — Fables diverses tirées d'Esope et d'autres divers autheurs, avec une explication nouvelle par R. D. F. (Raphaël du Fresne). *A Paris, chez Fridéric Léonard,* 1659; petit in-4, nombr. figures par Sadeler, mar. orange, fil. compart. à la Du Seuil, dos orné, tr. dor. (*Trautz-Bauzonnet*).

Recueil fort rare de fables en prose, dont un certain nombre sont très curieuses.

Les figures, gravées sur cuivre, sont aussi fort intéressantes et souvent bien exécutées.

Belle reliure de Trautz.

36. — FABLES DE LA FONTAINE, avec figures gravées par MM. Simon et Coiny. *A Paris, de l'impr. de Didot l'aîné,* 1687, 6 vol. in-18, nombr. figures, mar. r. fil. dos et coins ornés, tr. dor. (*Rel. anc.*)

Charmante édition, très recherchée. Elle est illustrée de 276 figures gravées par Simon et Coiny, à l'imitation des sujets que le peintre Oudry avait dessinés pour la grande édition de 1755-1759.

Les épreuves de cet exemplaire sont *avant les numéros* de pagination, ce qui est fort rare.

Reliure très fraîche.

37. — CONTES ET NOUVELLES en vers, par M. de La Fontaine. *A Amsterdam* (*Paris, Barbou*), 1762; 2 vol. in-8, portraits et figures, mar. r. fil. dos orné, tr. dor. (*Rel. anc.*)

Belle édition publiée aux frais des Fermiers-Généraux. Elle est illustrée de 80 figures d'après Eisen, de 4 vignettes et 53 culs-de-lampe, dessinés et gravés par Choffard, et de trois portraits, savoir : le portrait de La Fontaine, en tête du 1er volume, celui d'EISEN en tête du 2e volume, tous deux gravés par FICQUET; et le portrait de CHOFFARD, gravé par lui-même en médaillon, dans le cul-de-lampe qui termine le 2e volume. Toutes ces gravures sont fort belles et d'une grâce remarquable.

Exemplaire en très bonnes épreuves de 1er tirage, avec le portrait de CHOFFARD dit à l'*encadrement blanc*.

Bonne et fraîche reliure ancienne.

38. — CONTES ET NOUVELLES en vers, par Jean de La Fontaine. *A Paris, de l'impr. de P. Didot l'aîné*, 1795; 2 tomes en un volume in-4, figures, mar. v. fil. à froid. dent. intér., tr. dor.

Belle édition illustrée de charmantes figures d'après FRAGONARD, TOUZÉ et MALLET. Cet exemplaire contient les 20 figures qui furent seules publiées pour le 1er volume. HUIT de ces figures sont ici AVANT TOUTE LETTRE.

Relié sur brochure.

39. — OEUVRES DE BOILEAU-DESPRÉAUX. Imprimé par ordre du Roi pour l'éducation du Dauphin. *A Paris, de l'imprimerie de Didot l'aîné*, 1788; 3 vol. in-18, mar. bleu foncé, fil. dos orné, tr. dor. (*Trautz-Bauzonnet*).

Charmant exemplaire, parfaitement relié, d'une des meilleures et des plus jolies éditions de Boileau.

40. — L'ESPADON SATYRIQUE, par le sieur D'Esternod, reveu et augmenté de nouveau. *A Cologne, chez Jean d'Escrimerie, à l'Académie de France*, 1680; petit in-12, frontisp. gravé, mar. orange, fil. dorure au milieu des plats, dos orné, tr. dor. (*Trautz-Bauzonnet*).

Petit volume contenant les pièces les plus curieuses.

Édition très jolie et fort recherchée, que l'on joint à la collection des Elzevier.

Bel exemplaire grand de marges. Hauteur : 128 millim. La reliure en est ravissante.

41. — L'ESCHOLE DE SALERNE en vers burlesques. Et duo poemata macaronica; de bello Huguenotico : et de gestis magnanimi et prudentissimi Baldi. *Suivant la copie imprimée à Paris,* (*Leyde, Elsevier*), 1651 ; in-12, mar. orange, fil. dos orné, doublé de mar. bleu clair, riches compart. à petits fers, tr. dor. (*Trautz-Bauzonnet*).

Jolie édition, l'une des plus rares productions des Elzeviers.
Splendide exemplaire, très grand de marges. Hauteur : 134 millim.
La reliure, de TRAUTZ, est d'une merveilleuse beauté et rappelle les plus riches et les plus jolies œuvres de Le Gascon.

42. — ZÉLIS AU BAIN, poëme en quatre chants (par le marquis de Pezay). *A Genève,* s. d. (1763). — Lettre de Zeïla... à Valcour (par Dorat). *Paris, Séb. Jorry,* 1764. — Lettre de Barnevelt... à Truman, son ami (par Dorat). *Paris, Séb. Jorry,* 1764. — Lettre d'Alcibiade à Glicère, suivie d'une lettre de Vénus à Pâris et d'une épître à la maîtresse que j'aurai (par Dorat.) *Paris, Séb. Jorry,* 1764. — Lettre du comte de Comminges à sa mère, suivie d'une lettre de Philomèle à Progné (par Dorat). *Paris, Séb. Jorry,* 1765. — Les tourterelles de Zelmis, poëme en trois chants (par Dorat). s. l. n. d. — En 1 vol. in-8, figures et vignettes, mar. orange, fil. orn. sur le dos et aux coins des plats, dent. intér. tr. dor. (*Trautz-Bauzonnet*).

Superbe recueil, composé de pièces illustrées de gracieuses figures, vignettes et culs-de-lampe d'après EISEN, Excellentes épreuves.

Très belle reliure de TRAUTZ, ornée d'une rose sur le dos et aux coins des plats. Le relieur a gravé sur le dos le titre collectif suivant : HÉROÏDES.

43. — LES BAISERS, précédés du Mois de Mai, poëme (par Dorat). *A La Haye, et se trouve à Paris, chez Lambert et Delalain,* 1770; in-8, frontisp. figure et vignettes par Eisen, mar. v. riches compart., dos orné, tr. dor. (*Trautz-Bauzonnet*).

Splendide exemplaire, dont la beauté des épreuves est remarquable.
Il est orné d'une ravissante reliure de TRAUTZ, dont la dorure rappelle les plus gracieuses dentelles exécutées par Derome. A chaque angle, au milieu des arabesques, se trouve le joli dessin bien connu des deux colombes qui se becquettent, et des deux côtés des plats, une petite corbeille de fleurs.

44. — FABLES NOUVELLES (par Dorat). *A La Haye, et se trouve à Paris, chez Delalain,* 1773 ; in-8, frontispice, vignettes et culs-de-lampe par Marillier, mar. r. fil. orn. aux coins des plats et sur le dos, dent. intér. tr. dor. (*Trautz-Bauzonnet*).

Charmant volume illustré de deux frontispices, 1 grande figure, répétée 2 fois, en tête de chaque livre, 198 vignettes, fleurons, en tête et culs-de-lampe par Marillier, gravés avec une grande finesse. Toutes ces compositions sont d'une grâce infinie, et forment un des plus beaux livres du XVIIIe siècle.
Très bel exemplaire en grand papier blanc, d'une teinte uniforme, et relié sur brochure, à peine ébarbé.
Excellente reliure de TRAUTZ.

45. — FABLES, par M. Boisard. *Paris,* 1777; 2 vol. gr. in-8, figures de Monnet, mar. v. fil. dos orné, tr. dor. (*Duru et Chambolle*).

Très bel exemplaire, en grand papier de Hollande, relié sur brochure et presque non rogné. Édition ornée de jolies figures, vignettes, fleurons et culs-de-lampe, d'après MONNET, gravés par SAINT-AUBIN et autres.

Poètes italiens.

46. — LE TERZE RIME DI DANTE. (Al fine :) *Venetiis in ædibus Aldi, accuratissime men. Aug.* M.D.II. In-8, caract. italiques, mar. La Vall. compart. dos orné, tr. dor. (*Trautz-Bauzonnet*).

Belle édition aldine, rare et fort recherchée. C'est dans ce livre que les Alde employèrent l'*ancre* pour la première fois. On la trouve ici au verso du dernier feuillet.

Superbe exemplaire, revêtu d'une riche reliure de TRAUTZ, dont les plats sont recouverts de dorures à compartiments, de filets entrelacés, d'une parfaite exécution.

47. — IL PETRARCA. *In Venetia,* 1546. (Al fine :) *Nelle case de' figlivoli di Aldo;* petit in-8, caract. ital., mar. brun, orn. au milieu et aux coins des plats et sur le dos, tr. dor. (*Capé*).

Édition fort estimée et très correcte. C'est la dernière imprimée par les Alde. Elle est peu commune.

Bel exemplaire, grand de marges, et très pur; avec la dernière marque des Alde (l'ancre entourée de sujets Renaissance), au verso du dernier feuillet, dont le reste est blanc.

48. — LA GERUSALEMME LIBERATA di Torquato Tasso. *In Parigi, appresso Agostino Delalain, Pietro Durand, Gio. Cl. Molini,* 1771; 2 vol. in-8, frontis-

pice, figures et fleurons, par Gravelot, mar. r. fil. dos orné, tr. dor. (*Rel. anc.*)

Très bel exemplaire, dont les épreuves sont excellentes. La reliure, que l'on pourrait attribuer à Derome, est fraîche et bien conservée.

49. — ORLANDO FURIOSO di Lodovico Ariosto. *Birmingham, da' Torchi di G. Baskerville, par P. Molini et G. Molini*, 1773; 4 vol. gr. in-4, portrait et figures, mar. r. très large dent. sur les plats, dos orné, tr. dor. (*Derome*).

Très riche reliure, revêtue d'une admirable dorure à compartiments, d'une largeur peu commune. Le tout est d'une conservation et d'une fraîcheur incomparables.

Certainement cet exemplaire doit être le plus beau et l'un des plus précieux connus.

Édition ornée de 46 jolies figures d'après EISEN, COCHIN, MOREAU, GREUZE, MONNET, CIPRIANI, et d'un beau portrait, gravé par FICQUET.

A notre époque où les belles reliures ornées du XVIIIe siècle sont si recherchées, celle-ci est d'un prix inestimable.

THÉATRE.

50. — LES ŒUVRES DE MONSIEUR DE MOLIÈRE. Reveuës, corrigées et augmentées. *A Paris, chez Denys*

Thierry, Claude Barbin et Pierre Trabouillet, 1682; 8 vol. in-12, figures, mar. r. jans. tr. dor. (*Duru*).

Très bel exemplaire de la première édition complète, publiée après la mort de Molière, par les comédiens Vinot et La Grange.

Bonne reliure.

51. — ŒUVRES DE MOLIÈRE. *A Paris*, 1734; 6 vol. in-4, portrait et figures, mar. r. fil. dos orné, tr. dor. (*Duru*).

Très belle édition, ornée de 32 jolies figures d'après Boucher, gravées par Laurent Cars, et autres, de 198 vignettes et culs-de-lampe et d'un beau portrait de Molière.

Superbe exemplaire de premier tirage, avec la faute de la page 36[illegible], du tome 6e, ligne 12 (*La Comteese* au lieu de *La Comtesse*).

52. — ŒUVRES DE RACINE. *A Paris, chez Claude Barbin*, 1687; 2 vol. in-12, frontisp. gr. et figures. — ESTHER, tragédie tirée de l'Escriture sainte. *A Paris, chez Claude Barbin*, 1689, in-12, frontispice gr. — ATHALIE, tragédie tirée de l'Escriture sainte. *A Paris, chez Denys Thierry*, 1692, in-12, frontisp. gr. — Ensemble, 3 vol. mar. bleu, fil. dos orné, tr. dor. (*Trautz-Bauzonnet*).

Superbe exemplaire, très grand de marges, de cette édition recherchée, l'une des originales données par Racine. Les pièces *Esther* et *Athalie* s'y trouvent en premières éditions in-12.

Excellente reliure de Trautz.

53. — LES ŒUVRES DE M. REGNARD. *A Paris, chez Pierre Ribou*, 1708; 2 vol. in-12, frontisp. gr. et figures, mar. r. fil. dos orné, tr. dor. *Trautz-Bauzonnet*.)

Exemplaire d'une beauté remarquable, très grand de marges (hauteur : 165 millim.), et revêtu d'une charmante reliure de TRAUTZ.

Édition fort recherchée. On trouve à la fin le *Légataire universel* et la *Critique du Légataire*, en éditions originales, datées toutes deux de 1708.

54. — Œuvres de Monsieur Destouches, de l'Académie françoise. *A Amsterdam et à Leipzig, chez Arkstée et Merkus*, 1755-1759; 5 vol. petit in-12, mar. v. jans. tr. dor. (*Duru*).

Édition bien imprimée, et ornée de jolies figures de AARTMAN, très bien gravées.

Bel exemplaire à toutes marges, relié sur brochure.

55. — LA FOLLE JOURNÉE, ou le Mariage de Figaro, comédie en cinq actes, en prose, par M. de Beaumarchais. *De l'imprimerie de la Société littéraire-typographique (à Kehl), et se trouve à Paris, chez Ruault*, 1785; gr. in-8, figures de St-Quentin, mar. r. fil. dos orné, tr. dor. (*Petit*).

Belle édition, ornée de 5 figures charmantes d'après SAINT-QUENTIN, gravées par LIÉNARD, HALBOU et LINGÉE.

Bel exemplaire en grand papier vélin, avec l'*Errata*.

ROMANS ET CONTES.

Romans grecs et romans français.

56.—LES AMOURS PASTORALES DE DAPHNIS ET CHLOÉ. (Traduites du grec de Longus, par Jacques Amyot.) *s. l.* (*Paris, Quillau*), 1718; petit in-8, frontisp. gr. et figures, mar. vert fil. dos et coins à la rose, tr. dor. (*Trautz-Bauzonnet*).

Charmante édition, très recherchée, ornée de figures d'après les dessins du Régent Philippe d'Orléans.

Bel exemplaire, en très bonnes épreuves. La reliure, de TRAUTZ-BAUZONNET, est fort jolie; et l'on sait qu'il est rare de trouver des exemplaires de ce livre reliés ainsi.

57. — Le Livre du très chevalereux comte d'Artois et de sa femme, fille au comte de Boulogne. Publié d'après les manuscrits et pour la première fois (par J. Barrois). *Paris, Techener*, 1837; in-4, caract. goth., nombr. fig. fac-simile des manuscrits, mar. r. jans. tr. dor. (*Petit*).

Beau volume, imprimé par Crapelet, et tiré à petit nombre d'exemplaires.

58. — LES CENT NOUVELLES NOUVELLES. Suivent les cent nouvelles contenant les cent histoires nouveaux, qui sont moult plaisans à raconter, en toutes bonnes

compagnies, par manière de joyeuseté. *A Cologne, chez Pierre Gaillard*, 1710; 2 vol. petit in-8, frontisp. et figures, mar. bleu foncé, fil à froid, tr. dor. (*H. Duru*).

Édition recherchée, ornée de figures à l'eau-forte, dessinées et gravées par ROMAIN DE HOOGE.

Bel exemplaire; superbes épreuves, tirées dans le texte.

59. — LES ŒUVRES DE M. FRANÇOIS RABELAIS,... augmentées de la vie de l'auteur et de quelques remarques sur sa vie et sur l'histoire. Avec l'explication de tous les mots difficiles. S. l. (*Amsterdam, Elzevier, à la Sphère*), 1663 ; 2 vol. petit in-12, mar. r. fil. dos orné, tr. dor. (*Trautz-Bauzonnet*).

Bel exemplaire, très pur, orné d'une jolie reliure de TRAUTZ. Hauteur des feuillets : 131 millim.

Édition très bien imprimée, par les Elzevier d'Amsterdam, et fort recherchée.

60. — HEPTAMÉRON FRANÇOIS. Les Nouvelles de Marguerite, reine de Navarre. *Berne, chez la nouvelle Société typographique*, 1780-1781 ; 3 vol. in-8, frontisp. et figures, mar. orange, fil. dos et coins ornés, tr. dor. (*Trautz-Bauzonnet*).

Belle édition ornée de 73 figures d'après FREUDENBERG, d'un frontispice répété dans chaque volume, par DUNKER, de 72 fleurons et de 72 culs-de-lampe, très originaux, par DUNKER ; le tout gravé avec beaucoup de soin et de talent.

Superbe exemplaire à toutes marges, relié sur brochure.

Les épreuves des deux premiers volumes sont avant les numéros. Celles du troisième volume sont comme toujours, avec les numéros. Toutes sont d'une beauté remarquable.

Magnifique reliure de Trautz, dont les coins et le dos sont ornés d'un élégant bouquet de marguerites. Cet exemplaire est incontestablement l'un des plus beaux connus.

61. — L'Heptaméron des nouvelles de très haute et très illustre princesse Marguerite d'Angoulême, reine de Navarre. Nouvelle édition publiée sur les manuscrits par la Société des Bibliophiles françois. (*A Paris*) 1853-1854; 3 vol. in-8, portrait, mar. v. fil. dos orné, tr. dor. (*Duru*).

Édition tirée à très petit nombre. Bel exemplaire, bien relié et d'une grande fraîcheur.

62. — L'Argenis, de Jean Barclay. Traduction nouvelle, enrichie de figures. *A Paris, chez Nicolas Buon*, 1628; in-8, frontisp. gr. portraits et figures, mar. orange, fil. dos orné, tr. dor. (*Trautz-Bauzonnet*).

Édition rare, ornée d'un beau frontispice et de plusieurs jolies figures, gravés par Léonard Gaultier, du portrait de Louis XIII, gravé par le même, et du portrait de Barclay, gravé par Cl. Mellan d'après D. du Monstier.
Superbe reliure de Trautz. Très bel exemplaire.

63. — La Princesse de Montpensier. (Par Madame de La Fayette). *A Paris, chez Louis Billaine*, 1662; in-12, mar. orange, fil. dos orné, tr. dor. (*Trautz-Bauzonnet*).

Édition originale, rare, de cette intéressante histoire, où la fiction a presque autant de part que la vérité.
Très bel exemplaire, revêtu d'une élégante reliure de Trautz.

64. — Les Heures perdues d'un cavalier françois. Dans lequel les esprits mélancoliques trouveront des

remèdes propres pour dissiper cette fâcheuse humeur. *A Paris, chez Gabriel Quinet*, 1663 ; in-12, mar. v. foncé, fil. à froid, tr. dor. (*H. Duru*).

Recueil de nouvelles parfois assez curieuses et bizarres. Édition peu commune.

65. — Mémoires historiques et secrets, concernant les amours des rois de France. Avec quelques autres pièces... *A Paris, vis-à-vis le cheval de bronze*, 1739 ; in-12, titre rouge et noir, mar. v. jans. dent. intér. tr. dor. (*Trautz-Bauzonnet*).

Très bel exemplaire NON ROGNÉ.

Volume des plus curieux, rempli d'anecdotes galantes et historiques sur une infinité de grands personnages, de diverses époques, et sur divers sujets. Parmi les pièces qui se trouvent à la suite, on remarque le fameux opuscule intitulé : *Le mal de Naples, son origine et ses progrès en France. Remèdes qu'on a tâché d'y apporter, et Règlements faits à cet égard.*

Recueil fort rare en cette condition.

66. — Histoire amoureuse des Gaules, par le comte de Bussi-Rabutin. *s. l.* (*Hollande*), 1754 ; 5 vol. in-12, frontisp. à chaque volume, mar. r. fil. dos orné, tr. dor. (*Duru*).

Bonne édition, ornée de jolis frontispices finement gravés, différents pour chaque volume.

Bel exemplaire, NON ROGNÉ.

67. — Les intrigues amoureuses de la cour de France. *A Cologne, chez Pierre Bernard*, 1685 ; in-12, mar. r, fil. dos orné, non rog. (*Trautz-Bauzonnet*).

Petit ouvrage galant, dans le genre de l'*Histoire amoureuse des Gaules*, à laquelle il a, du reste, été joint dans quelques éditions. Ce volume est attribué à Sandras de Courtilz.

Superbe exemplaire NON ROGNÉ, provenant de la vente Veinant.

68. — LES DÉLICES ET LES GALANTERIES DE L'ISLE DE FRANCE. *A Cologne, chez Pierre Marteau, à la Vérité*, 1709 ; 2 tomes en 1 vol. petit in-12, mar. r. fil. dos orné, tr. dor. (*Trautz-Bauzonnet*).

Volume rare et très curieux contenant, en deux tomes, un certain nombre de pièces satiriques et galantes.

Très joli exemplaire.

69. — Le Roman bourgeois, par Antoine Furetière. Nouvelle édition augmentée de remarques historiques, d'une satire en vers du même auteur, et de figures en taille-douce. *A Amsterdam, chez David Mortier*, 1714 ; petit in-12, frontisp. gr. et figures, mar. v fil. à froid, tr. dor. (*Duru*).

Édition bien imprimée et ornée de figures curieuses.

70. — HISTOIRES OU CONTES DU TEMPS PASSÉ, avec des moralités, par M. Perrault. Nouvelle édition augmentée d'une nouvelle, à la fin. *A La Haye*, 1742 ; in-12, frontisp. gr. et vignettes, mar. vert, fil. fleur. aux coins des plats, dos orné, tr. dor. (*Trautz-Bauzonnet*).

Jolie édition, très recherchée, ornée de petites vignettes en tête de chaque conte, et d'un beau frontispice, sur lequel sont tracés à la pointe les mots : *Contes de ma mère Loye*.

Bel exemplaire, grand de marges, revêtu d'une jolie reliure de TRAUTZ.

71. — Les Contes des Fées, en prose et en vers, de Charles Perrault. Nouvelle édition, revue et corrigée sur les éditions originales et précédée d'une lettre critique par Ch. Giraud. *Paris, imprimerie impériale*, 1864; in-8, pap. vergé fort, frontisp. gravé et vignettes en tête de chaque conte, mar. r. fil. dos orné, tr. dor. (*Trautz-Bauzonnet*).

Belle édition, très recherchée et devenue rare. Elle ne fut tirée qu'à 400 exemplaires. Celui-ci porte le numéro 178.
Superbe reliure de Trautz.

72. — Les illustres Fées, contes galans, dediez aux dames. *A Paris, au Palais, chez Damien Beugnié*, 1709; in-12, fig. sur bois, mar. r. fil. à froid, tr. dor. (*Duru*).

Bel exemplaire, très grand de marges.

73. — Mémoires du comte de Grammont, par le C. Antoine Hamilton. Édition ornée de LXXII portraits gravés d'après les tableaux originaux. *A Londres, chez Edwards*, s. d.; in-4°, portraits, mar. r. fil. dos orné, tr. dor. (*Duru*).

Bel exemplaire. En regard de la page 161, se trouve le portrait de Élisabeth Butler, comtesse de Chesterfield, qui est ici remonté.

74. — Le Diable boiteux, nouvelle édition, augmentée d'une journée des Parques, par Monsieur Le Sage. *A Paris, chez Damonneville*, 1756; 2 vol. in-12, frontisp. gr. et figures, mar. v. fil. dos orné, tr. dor. (*Trautz-Bauzonnet*).

Superbe exemplaire, parfaitement relié. Bonne édition, qui contient à la fin du second volume : *Entretiens des cheminées de Paris*, — *les Béquilles du Diable boîteux*, — et *Une journée des Parques*.

75. — HISTOIRE DE GIL BLAS DE SANTILLANE, par M. Le Sage. Dernière édition revue et corrigée. *A Paris, par les Libraires associés*, 1747 ; 4 vol. in-12, figures, mar. r. fil. dos orné, tr. dor. (*Trautz-Bauzonnet*).

Édition très recherchée, la première complète du chef-d'œuvre de Le Sage, et la dernière donnée par l'auteur. Elle contient de nombreuses additions qui, d'après Brunet, forment près d'une centaine de pages.

Superbe exemplaire du meilleur texte qui ait paru sous cette date. Les figures ou au moins quelques-unes sont de la réimpression ; mais, étant peu nombreuses, elles sont faciles à remplacer. Tous les volumes contiennent le texte de la bonne édition.

76. — LE BACHELIER DE SALAMANQUE, ou les mémoires de D. Cherubin de la Ronda, tirés d'un manuscrit espagnol, par Monsieur Le Sage. *A Paris, chez Valleyre fils*, 1736, *et à La Haye, chez Pierre Gosse*, 1738 ; 2 vol. in-12, figures, mar. La Vall. fil. dos orné, tr. dor. (*Trautz-Bauzonnet*).

Édition originale.

Bel exemplaire orné d'une superbe reliure de TRAUTZ.

77. — HISTOIRE DU CHEVALIER DES GRIEUX ET DE MANON LESCAUT. (Par l'abbé Prévost.) *A Amsterdam, aux dépens de la Compagnie*. (*Paris*), 1753 ; 2 vol. in-12, figures, mar. v. fil. ornement aux coins des plats et sur le dos, tr. dor. (*Trautz-Bauzonnet*).

Superbe exemplaire, orné d'une charmante reliure.

Édition très recherchée, la dernière donnée du vivant de l'auteur et celle qui a fixé le texte des éditions postérieures. Elle est illustrée de jolies figures de Pasquier et de Gravelot. Bonnes épreuves de premier tirage.

78. — Histoire de Manon Lescaut et du chevalier des Grieux, par l'abbé Prévost. *A Paris, de l'imprimerie de P. Didot l'aîné, se vend chez Bleuet Jeune*, an V, 1797; 2 vol. in-18, figures, mar. vert foncé, fil. dos orné, tr. dor. (*Trautz-Bauzonnet*).

Jolie édition, aujourd'hui très recherchée. Elle est illustrée de 8 gracieuses figures de L.-J. Lefebvre, gravées par J.-J. Coiny.

Bel exemplaire en papier vélin, revêtu d'une excellente reliure de Trautz.

79. — Le Prince des Aigues Marines et le Prince invisible, contes. *A Paris, chez Coustelier*, 1744; in-12, figures, mar. La Vall. jans. tr. dor. (*Duru*).

Ces contes sont de Mme Levêque. Les figures ont été dessinées par Cochin et gravées par Duflos; elles sont au nombre de 5, plus 1 fleuron sur le titre et 2 vignettes.

Joli exemplaire.

80. — Lettres d'une Péruvienne. (Par Madame de Grafigny.) Nouvelle édition, augmentée de plusieurs lettres et d'une introduction à l'histoire. *A Paris, chez Duchesne*, 1752; 2 tomes en 1 vol. in-12, titres gravés et figures, mar. v. fil. coins et dos ornés, tr. dor. (*Trautz-Bauzonnet*).

Jolie édition, ornée de deux gracieuses figures de Gravelot, et de deux charmants frontispices. Très bel exemplaire, revêtu d'une belle reliure.

81. — Lettres de deux amans habitans d'une petite ville au pied des Alpes, recueillies et publiées par J.-J. Rousseau. *A Amsterdam, chez Marc Michel Rey*, 1761 ; 6 vol. in-12, figures de Gravelot, mar. v. fil. orn. aux coins des plats, dos orné, tr. dor. (*Duru*).

Première édition de la *Nouvelle Héloïse*, ornée de 12 jolies figures de Gravelot.

Bel exemplaire, bien relié.

82. — Contes moraux, par M. Marmontel. *A Paris, chez Merlin*, 1765 ; 3 vol. in-8, portrait par Cochin, figures de Gravelot, frontisp. gravés, mar. bleu, fil. ornements aux coins des plats et sur le dos, tr. dor. (*Duru*).

Belle édition, illustrée d'un superbe portrait, de 23 figures d'après Gravelot et d'un joli frontispice du même. Ce frontispice est répété dans chaque volume.

Bel exemplaire, contenant de très bonnes épreuves des figures.

83. — Paul et Virginie, par J.-H. Bernardin de Saint-Pierre. *Paris, L. Curmer*, 1838 ; in-4, portrait figures sur acier et nombr. fig. et vign. sur bois, mar. bl. fil. large fleuron à petits fers sur les plats, dos orné, tr. dor. (*Petit*).

Bel exemplaire. Le portrait du docteur est d'après Meissonier.

Romans étrangers : italiens, espagnols et anglais.

84. — IL DECAMERONE di messer Giovanni Boccacci, cittadino Fiorentino. Si come lo diedero alle

stampe gli SS[ri] Giunti l'anno 1527. *In Amsterdamo* (*à la Sphère*), 1665; in-12 allongé, mar. orange, riches compar. à petits fers, dos orné, tr. dor. (*Trautz-Bauzonnet*).

Splendide exemplaire très grand de marges, de cette jolie édition elzévirienne, que Brunet attribuait à tort à J. Blaeu, et que M. Willems restitue à Daniel Elzevier.

Hauteur : 147 millim.

La reliure de TRAUTZ est d'un goût exquis et d'une grande richesse d'ornementation.

85. — La Célestine, ou histoire tragi-comique de Caliste et de Melibée, composée en español, par le bachelier Fernam Rojas, et traduite de nouveau en françois. *A Rouen, chez Charles Osmont*, 1634; petit in-8, mar. bl. foncé jans. tr. dor. (*Hardy*).

Edition peu commune, avec le texte espagnol en regard et un titre espagnol.

Sur le titre de cet exemplaire se trouve le cachet de la bibliothèque de LA CONDAMINE.

86. — EL INGENIOSO HIDALGO DON QUIXOTE DE LA MANCHA compuesto por Miguel de Cervantes Saavedra. Nueva edicion corregida por la Real Academia española. *En Madrid, por don Joaquin Ibarra*, 1780; 4 vol. gr. in-4, frontisp. gr. et figures, mar. v. fil. dos orné, tr. dor. (*Duru*).

Édition de luxe, bien imprimée et ornée de figures, par Joseph del Castillo et Antonio Carnicero.

Bel exemplaire, grand de marges et bien relié.

87. — HISTOIRE DE L'ADMIRABLE DON QUICHOTTE de la Manche, traduite de l'espagnol de Michel de Cervantes

(par Filleau de Saint-Martin) enrichie de belles figures dessinées de Coypel et gravées par Folkema et Fokke. *A Amsterdam, chez Arkstée et Merkus,* 1768, 6 vol. — Nouvelles de Michel de Cervantes, 1768, 2 vol. — Ens. 8 vol. in-12, figures, mar. r. jans. tr. dor. (*Duru*).

Édition recherchée, ornée de jolies figures très bien gravées.
Très bel exemplaire, en bonnes épreuves, relié sur brochure.

88. — NOUVELLES ESPAGNOLES de Michel de Cervantès, traduction nouvelle (par M. Le Febvre de Villebrune). *A Madrid, et se trouve à Paris, chez Costard et chez la veuve Duchesne,* 1775-1777; 12 parties en 1 vol. in-8, figures de Desrais, mar. v. fil. dos orné, tr. dor. (*Trautz-Bauzonnet*).

Superbe exemplaire d'un recueil très rare. Les épreuves des figures sont ici magnifiques.
Excellente reliure de TRAUTZ.

89. — Histoire et avantures de dona Rufine, fameuse courtisane de Séville, traduite de l'espagnol. *A La Haye, chez A. Van Dole,* 1743; 2 tomes en 1 vol. in-12, frontisp. gr. et figures, v. f. fil. dos orné, tr. dor. (*Closs.*)

Curieux ouvrage romanesque, contenant des détails parfois très piquants. Exemplaire relié sur brochure; nombreux témoins.
Il provient de la bibliothèque du comte de LA BÉDOYÈRE

90. — La vie de Guzman d'Alfarache. Enrichie de figures en taille-douce. *A Amsterdam et à Leipzig,* chez Arkstée et Merkus, 1744; 3 vol. in-12, frontisp. gr. et figures, mar. bl. jans. tr. dor. (*Duru*).

Roman d'aventures, très intéressant, composé en espagnol par Matheo Aleman, et traduit en français par Gabr. Brémond.

91. — VOYAGES DE GULLIVER. (Par Swift.) *A Paris, dans la boutique de la V. Coustelier, chés Jacques Guérin*, 1727; 2 tomes en 1 vol. in-12, figures. — Le Nouveau Gulliver, ou voyage de Jean Gulliver, fils du capitaine Gulliver, traduit d'un manuscrit anglais. Par Monsieur L. D. F. *A Paris, chez la Veuve Clouzier*, 1730; 2 tomes en 1 vol. in-12, figures. — Ensemble 4 tomes en 2 vol. mar. vert, fil. dos orné, tr. dor. (*Trautz-Bauzonnet*).

Première édition française, traduite par l'abbé Des Fontaines, qui est l'auteur du second ouvrage. Cette édition est fort recherchée.

Exemplaire réglé, très grand de marges, revêtu d'une superbe reliure de TRAUTZ.

DIALOGUES. — EMBLÈMES. — FACÉTIES.

92. — CONVERSATIONS NOUVELLES sur divers sujets, dédiées au Roy. (Par Mlle de Scudéry.) *A Amsterdam, chez H. Wetstein et H. Des-Bordes*, 1685; petit in-12, frontisp. gr. mar. La Vall. jans. tr. dor. (*Trautz-Bauzonnet*).

Jolie édition, très bien imprimée, que l'on peut joindre à la collection des Elzevier. Elle est ornée d'un charmant frontispice gravé à l'eau-forte par SWIDDE, représentant des visiteurs dans la grande galerie du Palais de Versailles.

93. — Les Conversations sur divers sujets, par Mademoiselle de Scudéry. *A Amsterdam, chez Daniel du Fresne*, 1686; petit in-12, frontisp. gr., mar. r. fil. à froid, tr. dor. (*Duru*).

Bel exemplaire.

94. — Devises héroïques, par M. Claude Paradin, chanoine de Beaujeu. *A Lion, par Jean de Tournes et Guil. Gazeau*, 1557; petit in-8, nombr. figures, mar. citron, large fleuron au milieu des plats, dos orné, tr. dor. (*Trautz-Bauzonnet*).

Volume orné de belles et curieuses figures sur bois à chaque page. Cette édition donne le premier tirage des épreuves.

Exemplaire grand de marges, revêtu d'une fort belle reliure de Trautz.

95. — Les Quinze Joyes de Mariage, ou la Nasse, dans laquelle sont detenus plusieurs personnages de nostre temps. Mises en lumière par François de Rosset. *A Paris, chez Rolet Boutonné*, 1620; in-12, mar. r. fil. dos orné, tr. dor. (*Trautz-Bauzonnet*).

Jolie et rare édition d'un des livres facétieux les plus naïvement spirituels qui aient été écrits. Sur le titre se trouve une fine gravure sur cuivre représentant une *nasse*, dans laquelle sont enfermés plusieurs personnages, hommes et femmes, pendant que d'autres se promènent autour, et qu'un *ménestrel* joue du violon, pour les distraire, sans doute, comme il les a fait danser le jour de leurs noces.

Bel exemplaire, revêtu d'une gracieuse reliure, dont le dos est orné à la rose.

96. — Les quinze joyes de mariage. Nouvelle édi-

tion, conforme au manuscrit de la bibliothèque publique de Rouen. Avec les variantes des anciennes éditions, une notice bibliographique et des notes (par Pierre Jannet). *Paris, chez P. Jannet,* 1853; in-16, mar. citr. fil. dos orné, tr. dor. (*Trautz-Bauzonnet*).

Exemplaire sur PAPIER DE CHINE. Très jolie reliure de TRAUTZ.

97. — OEuvres complètes de Tabarin, avec les rencontres, fantaisies et coq-à-l'âne facétieux du baron de Gratelard, et divers opuscules publiés séparément sous le nom ou à propos de Tabarin. Le tout précédé d'une introduction et d'une bibliographie Tabarinique, par Gustave Aventin. *A Paris, chez Pierre Jannet,* 1858; 2 vol. in-16, mar. v. fil. dos orné, tr. dor. (*Trautz-Bauzonnet*).

Exemplaire sur PAPIER DE CHINE, orné d'une charmante reliure de TRAUTZ.

ÉPISTOLAIRES.

98. — Les Œuvres de Monsieur de Voiture. *A Paris, au Palais, par la Société,* 1676; 2 tomes en 1 vol. in-12, frontisp. gr, et portrait, mar. bl. foncé, fil. à froid, tr. dor. (*Capé*).

Bel exemplaire.

99. — Lettres de messire Roger de Rabutin, comte de Bussy,.... avec les réponses. Nouvelle édition où l'on a inséré les trois volumes de nouvelles lettres publiées en 1709... *Paris, Florentin Delaulne*, 1714-1715; 5 volumes in-12, portrait, mar. bleu foncé, fil. dos orné, tr. dor. (*Duru*).

Bel exemplaire, relié sur brochure.

100. — Recueil des Lettres de madame la marquise de Sévigné, à madame la comtesse de Grignan, sa fille. *A Paris, chez Nicolas Simart*, 1734-1751; 7 vol. in-12, portrait, mar. r. fil. dos orné, tr. dor. (*Duru*).

Bonne édition, publiée par le chevalier Perrin, en trois fois, et qui est beaucoup plus complète que toutes les précédentes. Le 7e volume est intitulé *Recueil de lettres choisies pour servir de suite aux lettres de Mme de Sévigné.*
Bel exemplaire, jolie reliure.

POLYGRAPHES FRANÇAIS ET ÉTRANGERS.

101. — Balzac (Louis Guez de). Œuvres. *Leyde et Amsterdam, chez les Elzevier*, 1656-1675; ensemble 7 vol. petit in-12, mar. r. fil. dos orné, tr. dor. (*Trautz-Bauzonnet*).

Superbe exemplaire, orné d'une charmante reliure.

Cette réunion de volumes elzéviriens est ainsi composée : *Lettres familières de M. de Balzac à M. Chapelain.* A Leiden, chez Jean Elsevier, 1656. — *Les œuvres diverses du sieur de Balzac, augmentées en cette édition de plusieurs pièces nouvelles.* A Leide, chez Jean Elsevier, 1658, frontispice gravé. — *Aristippe, ou de la cour.* A Leide, chez Jean Elsevier, 1658 ; frontispice gravé. — *Les entretiens.* A Amsterdam, chez Louys et Daniel Elzevier, 1663, frontispice gravé. — *Socrate chrestien, et autres œuvres.* A Amsterdam, chez Joost Pluymer, 1662, frontispice gravé. — *Lettres à M. Conrart.* A Amsterdam, chez les Elzeviers, 1664, frontispice gravé. — *Lettres choisies.* A Amsterdam, chez les Elseviers, 1678, frontispice gravé.

Grandes marges. Hauteur : 130 et 131 millim.

102. — ŒUVRES DU SEIGNEUR DE BRANTÔME : nouvelle édition, considérablement augmentée et accompagnée de remarques historiques et critiques. *A La Haye, aux dépens du libraire,* 1740 ; 15 vol. in-12, frontisp. à chacun, mar. bl. jans. non. rog. (*Duru et Chambolle*).

Édition recherchée, la meilleure qui eût été publiée jusqu'alors. Très bel exemplaire, NON ROGNÉ. Rare en cette condition.

103. — ŒUVRES DE MONSIEUR SCARRON. Nouvelle édition, augmentée de l'histoire de sa vie et de ses ouvrages, d'un discours sur le style burlesque, et de quantité de pièces omises dans les éditions précédentes. *A Amsterdam, chez J. Wetstein,* 1752 ; 7 vol. in-12, portrait, mar. r. jans. tr. dor. (*Duru*).

Très bel exemplaire de cette édition recherchée, la meilleure et la plus estimée des œuvres du fameux écrivain burlesque.

Il est à toutes marges, relié sur brochure.

104. — THE WORKS OF WILLIAM SHAKESPEARE. The

text formed from an entirely new collation of the old editions : with the various readings, notes, a life of the early english stage, by J. Payne Collier, esq. *London, Wittaker*, 1844; 8 vol. in-8, portrait, mar. grenat fil. à froid, fleurons dorés aux angles des plats, dos orné, tr. dor. (*Trautz-Bauzonnet*).

Belle édition, très estimée. Superbe exemplaire, orné d'une excellente reliure de TRAUTZ. Il est probablement unique en cette condition. Le dos de chaque volume présente cette particularité que les noms de tous les ouvrages contenus dans ce volume y sont gravés en or, avec beaucoup de soin, par Trautz, ce qui présentait une grande difficulté, les titres étant nombreux.

HISTOIRE.

105. — LES MÉMOIRES DE MESSIRE PHILIPPE DE COMMINES, Sr d'Argenton. *A Leyde, chez les Elzeviers*, 1648; petit in-12, frontisp. gravé, mar. r. fil. dos fleurdelisé, tr. dor. (*Trautz-Bauzonnet*).

Édition admirablement imprimée et fort recherchée des amateurs, surtout quand les exemplaires en sont beaux et grands de marges comme l'est celui-ci. Il mesure 131 millim. La reliure, de TRAUTZ, est richement ornée, sur le dos, d'un semis de fleurs de lis entourant des couronnes royales.

106. — SATYRE MÉNIPPÉE de la vertu du Catholicon d'Espagne et de la tenue des Estats de Paris. A laquelle

est adjousté un discours sur l'interprétation du mot de Higuiero d'Inferno, et qui en est l'autheur. Plus le regret sur la mort de l'Asne Ligueur d'une Damoiselle, qui mourut durant le siége de Paris. Avec des remarques et explications.... *A Ratisbonne* (*Bruxelles, Foppens*), 1664; petit in-12, fig. mar. r. jans. tr. dor. (*Trautz-Bauzonnet*).

Édition bien imprimée que l'on joint à la collection des Elzevier. Elle contient les notes très intéressantes de Pierre Du Puy. On y trouve les deux figures des *Charlatans*, et la grande planche de la *Procession de la Ligue*.

Bel exemplaire. Hauteur : 131 millim.

107. — JOURNAL DE HENRI III, roy de France et de Pologne; ou mémoires pour servir à l'histoire de France, par M. Pierre de l'Estoile. *A La Haye, et se trouve à Paris, chez la veuve de Pierre Gandouin*, 1744; 5 vol. avec portraits. — JOURNAL DU RÈGNE DE HENRI IV, par le même. *A La Haye, chez les frères Vaillant*, 1741; 4 vol. — Ensemble 9 vol. in-8, mar. r. compart. de filets, avec fleurons aux coins des plats, dos orné, tr. dor. (*Bauzonnet*).

Ouvrages très estimés et très recherchés. Bel exemplaire, revêtu d'une excellente reliure de BAUZONNET.

108. — Histoire des amours de Henry IV. Avec diverses lettres escrites à ses maistresses. Et autres pièces curieuses. *A Leyde, chez Jean Sambyx* (à la Sphère), 1663; petit in-12, mar. r. fil. dos orné, tr. dor. (*H. Duru*).

Bel exemplaire. Hauteur : 129 millim.

Jolie édition, rare et recherchée, que l'on joint à la collection des Elzevier. Brunet la considère comme imprimée par Foppens, de Bruxelles.

109. — Mémoires du duc de Rohan, sur les choses advenuës en France depuis la mort de Henry le Grand, jusques à la paix faite avec les Réformez au mois de Juin 1629. Seconde édition augmentée d'un quatrième livre, de divers discours politiques du mesme auteur, cy-devant non encore imprimez. *S. l.* (*A la Sphère*), 1646; petit in-12, mar. v. fil. dos orné, tr. dor. (*Trautz-Bauzonnet*).

Jolie édition elzévirienne, renfermant 3 parties avec pagination séparée, la 1re, de 496 pages, la 2e, de 146 pages, et la 3e, de 135 pages.

Bel exemplaire, très bien relié. Hauteur : 130 millim.

110. — Mémoires de M. D. L. R. (de La Rochefoucauld) sur les brigues à la mort de Loüys XIII, les guerres de Paris et de Guyenne, et la prison des Princes. Articles dont sont convenus Son Altesse Royale et Monsieur le Prince pour l'expulsion du cardinal Mazarin. Apologie pour Monsieur de Beaufort. Mémoires de Monsieur de la Chastre. Lettre du cardinal à Monsieur de Brienne. *A Cologne, chez Pierre van Dyck*, 1669; petit in-12, mar. r. fil. dos orné, tr. dor. (*Trautz-Bauzonnet*).

Jolie édition, probablement imprimée par Foppens, de Bruxelles, et que l'on joint à la collection des Elzevier.

Très bel exemplaire, grand de marges. Hauteur : 133 millim.

111. — Les Mémoires de feu Monsieur le duc de Guise. *A Cologne, chez Pierre de la Place*, 1668; petit in-12, 2 part. en 1 vol. mar. bleu, fleurs de lis aux angles des plats et sur le dos, tr. dor. (*Trautz-Bauzonnet*).

Jolie édition bien imprimée, que l'on joint à la collection des Elzevier.

Bel exemplaire, très grand de marges. Hauteur : 135 millim. Excellente reliure de Trautz.

112. — Mémoires du cardinal de Retz, contenant ce qui s'est passé de remarquable en France pendant les premières années du règne de Louis XIV. *Amsterdam, chez J.-Fréd. Bernard*, 1731 ; 4 vol. — Mémoires de Gui Joly, conseiller au Châtelet... *Amsterdam, J.-F. Bernard*, 1738 ; 2 vol. — Mémoires de Madame la duchesse de Nemours. *Amst., J.-F. Bernard*, 1738, 1 vol. — Ensemble 7 vol. petit in-8, portrait, mar. r. fil. à froid, tr. dor. (*Duru*).

Édition la meilleure et la plus recherchée. Charmant exemplaire, très grand de marges, revêtu d'une élégante reliure de Duru.

113. — Les Mémoires de messire Roger de Rabutin, comte de Bussy, lieutenant général des armées du Roy, et mestre de camp général de la cavalerie légère. *A Paris, chez Jean Anisson*, 1696 ; 2 vol. in-4, portrait, mar. bleu foncé, fil. dos orné, tr. dor. (*Duru*).

Bel exemplaire, grand de marges. Sur les titres de cette bonne édition, se trouve un joli fleuron répété, gravé par Séb. Le Clerc. On a placé ici, en tête du premier volume, un superbe portrait de Bussy-Rabutin, gravé par Edelinck d'après Le Febvre.

Bonne reliure.

114. — Les Historiettes de Tallemant des Réaux. Troisième édition, entièrement revue sur le manuscrit original et disposée dans un nouvel ordre, par MM. de Monmerqué et Paulin Pâris. *A Paris, chez J. Techener*,

1854 ; 9 vol. gr. in-8, mar. r. fil. dos orné, tr. dor. (*Duru et Chambolle*).

Bel exemplaire en GRAND PAPIER VERGÉ, très bien relié.

115. — Souvenirs de Madame de Caylus. Nouvelle édition, avec une introduction et des notes par M. Charles Asselineau. *Paris, J. Techener*, 1860 ; in-8, portrait et figures, mar. v. fil. dos et coins ornés, tr. dor. (*Trautz-Bauzonnet*).

Bel exemplaire en grand papier vergé, contenant une double suite des figures dessinées par J. LEMAN ; la première suite sans cadre, la seconde avec cadre, toutes deux *avant la lettre*.
Jolie et excellente reliure de TRAUTZ.

116. — Anecdotes sur Mme la comtesse Du Barri. (Par Pidansat de Mairobert.) *A Londres*, 1775 ; in-12, mar. v. fil. à froid, tr. dor. (*H. Duru*).

Volume très curieux, rempli de traits satiriques contre la célèbre favorite. Malgré la rubrique de *Londres*, cette édition a été certainement imprimée en France.
Bel exemplaire, à toutes marges, relié sur brochure.

117. — Le château de Chambord, par L. de La Saussaye. *Lyon, impr. de Louis Perrin*, 1859 ; in-8, figure, pap. vergé teinté, mar. v. coins et dos fleurdelisés, tr. dor. (*Trautz-Bauzonnet*).

Très bel exemplaire, peut-être unique en reliure de TRAUTZ.

118. — La Ville et République de Venise. Par M. le Chevalier de Saint-Disdier. *A La Haye, chez Adrien*

Moetjens, 1685; in-12, mar. v. foncé jans, non rog. (*Bauzonnet*).

Jolie édition parfaitement imprimée, que l'on peut joindre à la collection des Elzevier.
Bel exemplaire, NON ROGNÉ. Très rare en cette condition.

119. — HISTOIRE AMOUREUSE et badine du Congrès et de la ville d'Utrecht, en plusieurs lettres écrites par le domestique d'un des Plénipotentiaires à un de ses amis. *A Liège, chez Jacob Le Doux,* s. d., in-12, mar. citr. fil. dos orné, tr. dor. (*Trautz-Bauzonnet*).

Petit volume curieux, orné d'un joli frontispice satirique et galant, gravé à l'eau-forte évidemment par ROMAIN DE HOOGE, mais non signé. L'auteur de l'ouvrage est Casimir Freschot.
A la fin on a ajouté, sous un titre et une pagination séparés : *Véritable clef par laquelle on peut avoir l'intelligence parfaite* de l'Histoire amoureuse et badine du Congrès et de la ville d'Utrecht. *A Cologne, chez Pierre Marteau,* 1714.
Volume rare. Bel exemplaire NON ROGNÉ, orné d'une fort jolie reliure.

120. — The History of England, from the Accession of James II, by Thomas Babington Macaulay. *New-York, Horper & Brothers,* 1849; 5 vol. in-8, portrait, demi-rel. dos et coins de mar. r. tr. peigne. (*Trautz-Bauzonnet*).

Ouvrage rare en France, dans cette belle édition américaine. Bonne demi-reliure de TRAUTZ.

BIOGRAPHIE.

121. — La gallerie des femmes fortes, par le P. Pierre Le Moyne. *A Leiden, chez Jean Elsevier, et à Paris, chez Charles Angot*, 1660 ; in-12, frontisp. gr. et figures, mar. orange, fil. dos orné, tr. dor. (*Trautz-Bauzonnet*).

Jolie édition elzévirienne, rare et fort recherchée.

Exemplaire très grand de marges et d'une pureté remarquable. Hauteur : 133 millim. Charmante reliure de Trautz.

122. — La Vie du pape Alexandre VI et de son fils César Borgia, contenant les guerres de Charles VIII et de Louis XII, rois de France et les principales négociations et révolutions arrivées en Italie depuis l'année 1492 jusqu'en 1506... Par Alexandre Gordon, traduite de l'anglais. *A Amsterdam, chez Pierre Mortier*, 1732 ; 2 vol. in-12, portrait, mar. bleu foncé, fil. tr. dor. (*Rel. anc.*).

Ouvrage recherché, orné de deux beaux portraits finement gravés des papes Alexandre et César Borgia.

Très bel exemplaire, revêtu d'une bonne reliure, fraîche et bien conservée.

123. — Mémoires sur la vie de mademoiselle de Lenclos, par M. B*** (Bret). *A Amsterdam, et se vend à Paris chez Rollin fils*, 1751 ; avec portrait. — Mémoires et lettres pour servir à l'histoire de la vie de mademoi-

selle de L'Enclos (par Douxménil). *A Rotterdam*, 1751 ; — en 1 vol. in-12, mar. bleu, fil. dos orné, tr. dor. (*Trautz-Bauzonnet*).

Charmante reliure, dont le dos est orné *à la rose*.

TABLE DES DIVISIONS

A. Quantin imprimeur
r. S. Benoit, 7, à Paris

www.ingramcontent.com/pod-product-compliance
Ingram Content Group UK Ltd.
Pitfield, Milton Keynes, MK11 3LW, UK
UKHW021647260726
13994UKWH00003B/1328